剛剛發生的事

林婉瑜

目次

輯一／柔軟的時間

輯二／剛剛發生的事

輯三／**像海浪一樣**

輯四／再聯絡

輯五／**說話術**

輯一／
柔軟的時間

柔軟的時間

後悔的字

那些話，我一說出口，就後悔了，可是聲音已經擴散出去，情急之下，我用比音速更快的速度追上前去，把那些字都攔截下來，一個一個變成了固體的字，有金屬的質地，從空中掉落，互相碰撞發出鏗鏘的聲音，那些後悔了的字，我把它們都收回來，裝進檜木做的箱子裡，它們騷動著要出來，我死命抱緊木箱，對騷動的字說：「從今以後，從今以後讓我們守口如瓶。」

曲折的光

有一束光線被折彎了，那束光線本來將要通過的風景，底色也就黯淡下來，被折彎的光線所到之處，也就比先前更明亮了一些。

這束曲折光線的走向，走成了一個迷宮，隨著這束光走到終點，在光束被吞沒的地方，就可以抵達，可以抵達我有時候嚮往的，那種無與倫比的黑暗。

柔軟的時間

在一個吵鬧的餐廳，找到角落坐下來，躲起來，是在這個時候，時間突然變成了液態，我感到時間慢慢的流過了我的髮隙，像是梳理我頭髮似的，帶來輕微震盪，用一種溫柔的寬待摩娑我的髮，把我的髮梳成了水流。離開這個角落以後，我發現自己失去了液態的時間——服務生快步來回走動，孩子奔跑撞到我的大腿，院

子裡的花下一秒就要腐爛了。

我再次退回角落，可是，已經找不到柔軟的時間。

離開餐廳時，看到餐廳門口有個剛表演完的街頭藝術家，他靠過來對我說：「我的時間不夠用，可不可以先給我一點，我願意付你五千九百六十八元。」我告訴他：「我自己也不夠用呢。」他眼神看向馬路迅速閃逝的車流車燈、喃喃地說：「如果我有很多時間，我要開一間小店，販賣各式各樣不同的，柔軟如水的時間、粗糙如砂紙的時間、清澈的時間、黏膩的時間、發芽的時間、隨風搖曳的時間、灑落的時間、迸裂的時間、輝煌的時間、古典的時間、達達主義的時間、羞怯的時間、強壯的時間、凶猛的時間……」

新的問題

你愛我嗎
很久以前我問你這個問題
現在的你答案
會不會一樣

海浪每次前進
形狀，高度，速度都不一樣
海浪每次撤退沙灘上
留下的圖案，貝殼，痕跡

都不一樣

你愛我嗎
現在的你答案是否不同
可是現在的我
已經厭倦了這道題目
想發明一些新的問題，去問你
風平
浪靜的時候
就讓我們都沉默
都好好想一想

草稿和錯字

有關你一直向我求證的
我們之間，是什麼關係？
今天我願意這樣回答你

我和你之間
是飛鳥和天空的關係是
霧和玻璃窗的關係
是時鐘和時間的關係
是雨和屋簷的關係是貓，和魚缸的關係

是音樂和節拍器的關係是
草稿和錯字的關係
是鹽和雪
野蠻和乖馴
假設和因為
可能和所以……
總覺得我們之間，正是這樣的

現在
你聽完我的答案了
換我向你求證
你覺得我們之間是什麼關係？

新世界

懷疑樹。厭世蕨。譫妄鳥。或者森林。食霧獸。
反覆花。原來葉。恐怕蜂。陰影蟲。謎語鳳蝶。
皺紋海。絲綢浪。困境島。剎那冰山。陰翳漩渦。
如果盆地。假設高原。疲憊沙漠。緩慢山。
究竟溫泉。暴躁瀑布。惶恐河。
苦澀量尺。軟弱刀。辣酒杯。刺痛箱子。
從前鏡。明日樂譜。窮盡照片。可能樓梯。
是否貓。虛無象。為何虎。輕易馬。模稜兔。
忽然天空。曖昧雨滴。剛才土地。

夢遊船。混淆列車。彷彿地圖。懂得時刻表。
空白路。如何窗。揣測城。深沉屋。
確實筆。野生字。充滿燈。忐忑書。

午後書店告白

穿粉紅色圓點襯衫的那男人頻頻看我
我怎麼可能愛他呢怎麼可能
我不喜歡以為自己是草莓的人

我們從「生活餘暇」走到「戲劇舞臺劇」
從「時尚」走到「中國古典」
木質地板上的格線一向被忽略
沿著格子前進
你在47

我在18
被擁擠切分的人生
我們各據兩岸
還要這樣眺望多久呢

翻閱我
我已閒置得太久
我答應不做艱澀拗口的辭海之類
漫畫或筆記書好了
塗鴉比較多的話
讀者也輕鬆
左邊的《少女禮儀須知》、右邊的《育嬰寶鑑》
都時常被抽走
翻閱我

即使我是《熱帶魚飼育手冊》、《河豚食譜》
我是你人生不可缺的營養
即使微量

你舉起勺子敲打：牛肉
牛肉在哪裡牛肉
呼叫牛肉
天空下雨，我被雨水滴傷了
你願意和我一起寂寞嗎
我是說，剩下的半輩子
拿你的寂寞
陪伴我的

終其一生我不過是在期待一個瞭解

為此我提供各種途徑（甚至包括詩的途徑）
如果你願意
就跨越那些擁擠吧
我的寂寞驅使我同意
你就迫降在這裡

跨年

跨過去
把一些難堪的什麼凋謝的什麼跨過去
一些將死的什麼破敗的什麼跨過去
在他們起身追你的時候
不要回頭
放絢爛的煙火、召集人群
大肆慶祝時間的葬禮

舊年已老

他穿襤褸衣衫眨著滿布陰雲的眼睛
因為經歷太多分離的故事、暴力的發生，已疲憊不堪
他想跟隨狂歡的人群，一起跨過那條時間界線
最後只是頹然坐下，撫摸著身體裡的四季
把葉落、葉黃、花謝、花開
又重新數算了一次

九、八、七、六、五、四、三、二、一
帶著想收藏的回憶、想保持連繫的人
舉起腳，向前踏出
把年跨過去
把一部分的自己留在原地
不愛的人留在原地（就讓他，和舊年坐在一起）
眼前是新的一年

新的年，已經正面朝向我來了
他面容稚嫩，剛剛出生
他對我
眨了眨眼睛

颱風假

暴雨和停電的颱風這天
在全都停止運作的　荒涼城市中
鬆了一口氣

好像
連非常喜歡你的這件事
也可以暫時休息

夜盲

事物在黑暗中，消失
包括，視力

星群
可能是閃爍的
我起身，下床
小心翼翼行走

避開夜的邊緣，和銳角

摸索你
心的位置

忐忑書

愛情是懸疑愛情是　結果
愛情是相信　愛情是輕信
愛情是辛苦愛情是　幾乎就要幸福
愛情是沉默　愛情是有此一說
愛情是經過　是逗留　在途中

愛情是給予愛情是　沒收
愛情是銳利愛情　是軟弱
愛情是最初　是最後　是曲折的行走

愛情是自由愛情是　願意不自由
愛情是瞬間懂得
愛情是現在忐忑

跟隨

記憶裡的上午
草還在發光
你要帶我到海邊，說
是最藍的海
在我前方走著

我不介意海，是哪種藍色

霧裡

我只是往後方回看
就失去了跟隨
只有道路存在著，存在
通往我們
無法一起抵達的海岸
霧湧上視野
霧散了

一個私人的問題

兩首曲子的中間
音樂停下來的時候
我想
問你一個私人的問題
你愛我嗎
（你愛我嗎）
噓……沒有回答
後來

狼來了
你停止旋轉
我倦了
我便睡了
不再有人發問
在我們的囚室
心的房間

暗示1

某暗示
我也說不上來
街道都已經冷清了
風穿入胸口

前方，像是光源一樣的東西指引我
但不是光
一片漆黑
本能地趨向前去

不會覺得孤獨
不會

風在身後會合起來
某種逝去
退後
你們都退後
到我身後去

道路和夜晚睡在一起
沿著它的喘息
從黑暗出發
到黑暗裡
如此專心

只有勇氣
飛行是不可能的
但不會消失
筆直地

風的氣味
你一定否認
你睡了
而且鄙棄那些抗拒夜晚的人
儘管我想告訴你
我以為我的生命和你最鄰近
這樣的夜晚
某暗示
我也說不上來

不斷不斷
朝向盡頭去
不會覺得孤獨
不會
不會離開你

我只是想知道

我只是想知道
你的城市是否和我的一樣
有四分之三的風雪
和四分之一的雨水

也許從來沒有
一句屬於我們的發語詞
我捺下一枚紅色指紋
不斷在明天

收到今天的退件
（沒有一條通往你住址的道路）

馴養手冊

幾乎是同時做的決定
我選擇了靜止而你大步向前走去
一排灌木與你平行延伸
這並非不尋常的下午，而我的神情
和其他路人一樣工整，且得體
後來我才發現，滿街都是冬天的意味
冬天的意味侵襲城市卻
無人貼出布告通知
因此我的祕密在紙盒裡，也缺少一根拆閱的食指

這可能比較偏向
美好結局
不被拆閱，祕密的本質將更加隱蔽
你不知道我的下一句
偏向純正髒話或是醇美情歌

一路過去你會到達且看見交通標誌和
新的地形，也許：
注意落石——程度在甲骨文以上的走獸紛紛迴避
大貨車禁止通行——細瘦長巷無法負擔想念的蕭索
情人專用道——孤單理應遭到流放
殘障專用步道——所有故事說完以後，王子公主攜手離開以後
我的耳朵，再也聽不見音樂

四……三……二……一
行人號誌裡的綠色小人
開始跑步，然後
仆倒

我們交換一則說明恆久、恆久告別的眼神
你一意選擇直線
加速行進
我沉吟停佇
等待這一頁紅燈過去

隊伍

這早晨像往常所有早晨
陽光以金屬色澤撬開夢境
瞬間曝光因而無法繼續的夢
來不及播片尾曲
想必也沒有續集了

孤獨的主角醒來，想著
怎麼開始第一個沒有你的場景
母親喊我吃飯

像往常，我知道早晨的所有順序
仍然在想，一個沒有你的日子也沒有續集了
以何種方式開始
比較不像敗戰的、落魄的將領

躺在床上，事物一件一件離開——
車輛，道路，光和聲音離開
人群離開，朋友離開
這個早晨離開，世界離開……
（他們成為秩序的隊伍朝我的反向步行緩緩地）

愛情瘦小的背影
跟上隊伍末端
因為走得很遠了

所以
也分不清楚曾經在還是不在
它斜而長的影子
如此貼近我身體

天使

老天終究還是
分派了一個天使給我
黑暗夜
死蔭的幽谷
你前來
周身的光華　使我暖和
沒有一隻羊會被虧待即使
是離群的

在廣漠的草原　天使緊緊挨著我
我便擁有了
十四萬燭光的幸福

兩者

後來
我撿拾你脫落的翅翼
它們質地很輕
察覺不到重量
春末，你卸下左肩與右肩
兩枚透明的翅
在我巢裡沉默棲息於地面
黯黯發出一些最後的光

仍然，我們毋須懷疑的

太陽在海面上一千次誕生
附子草複製著毒性
晚到的夏天
不會因此轉為寒冷
「將永遠遙遙遙遠遠焚燒下去的……」
穿僧服的螽斯說
頭過大的蟬說

或許我們更適合爬藤那般
纏繞不動的靈魂
但那必定是疼痛的
離棄了翅的、與翅兩者
兩者
都不能再飛了

遺失

一開始掉了手機號碼
接著，失去音訊

慢慢忘記聲音長相
接著，遺失照片

不慎掉了記憶
最後，掉了愛

情人節夜晚
我翻遍口袋、抽屜
想為他寫詩，留作紀念
什麼都找不著
只好作罷

給你

給你我的耳朵
讓你俯聽音樂
給你我的視覺
讓你找到光
給你我的嘴唇
讓你仔細啃噬
給你貞操帶的鑰匙
讓你投入河中

給你這些
給你那些
最後
我變得太輕
被風吹起
再緩緩地墜毀

輯二／

剛剛發生的事

熬夜

再一次熬夜
夜晚會因為我不斷地熬煮
而變成濃湯嗎？
（變成蜂蜜）（變成紅茶）（變成奶昔）

在只有自己的房間裡
並未碰觸什麼
卻出現椅子被搬動的聲音……
瞬間毛骨悚然

啊！是貓！
是貓啊——
瞬間放心了

貓和我
一起熬煮這個夜晚
讓它濃稠
深邃
化不開

問

也問自己：
相較於山，為什麼更喜歡海呢？

因為海寬闊、不可知
因為海
用它的永恆
懷抱著許多生命，短暫的一瞬

雨

雨
是天空餽贈給人們的話
滔滔不絕的傾訴而下

有幾場雨憤慨而大聲，是演說式的
另幾場雨溫柔而輕，是說服式的
不想聽的人
都撐起美麗的花傘遮住耳朵

剛剛發生的事

昨晚電影裡下的雪
第三拍時，必要的旋轉舞步
睡眠以後，與日出對望
睡眠以前，月亮的形狀
你記憶這些
但這竟像是，剛剛發生的事

生之嚎啕，死之陰暗
淚之滋味，撞擊之痛

悲傷之慟
回想起來
那竟像是，剛剛發生的事

彷彿穿越一個人漫漫長長的一生
你記得一，記得一之前的零
記得負數
你記得序場，換裝
記得死而復生地謝幕

你記得遺忘，也記得
不要遺忘

你記得昨天、前天、去年

你記得從前……
但那只是
剛剛發生的事

照相術

因為照相術，我們
容許舊事的佚散
與時間
時間它漫不成篇

我留下一張苦笑給你
你的皮鞋晶亮
髮式古老
西裝頭，側分

第六號作品：沙灘上的午餐

風

風把裙裾吹得颯颯作響
多年以後
我們的隊伍被它解散

出走

作為一棵都市裡的樹
對烈陽和暴雨
都得張開自己

一再被掏空的路面
動搖我的底細
我的悲劇性來自於根著
並且宿命地，不斷抽長
和水泥一同構成盆地

巨大的塊根

有路人把遊記刻在我木質的版面上
因此，我得以想像草原、森林
和一幅沒有人類鑲嵌的畫
作為一株被種植的風光
和庭院的假山布景
共同描繪這落文明

微酸的雨水和我光合愛戀
影子尾隨太陽的意志位移
伸手試探自由的底限
在煙塵裡更新呼吸
學習更隱密地吐納……

作為一棵都市裡的樹
我的想願
是木本植物
私心豔羨暗中行進的年輪
如此緩慢啊
卻深刻地行走

無眠

一

一小隊馬戲團
經過我的房間
有小丑，跳火的黑熊，空中飛人，騎單輪車的猴子
和許多許多……

他們浩浩蕩蕩經過了
去別人的夢裡

夢中的夜光競技場表演
我清醒地看著，看著
伸手
卻無法將他們攔下

二

鐘聲散開的時候
服下第一顆藥物
腦海浮現每天回家時路經的檳榔攤
檳榔攤同時養了一隻狗，和一隻白鵝

辣妹的連身迷你短裙
圖案是美國國旗
綠色霓虹燈管旋轉，變換隊形，旋轉

鐘聲散開
有人在鼻腔內念誦咒語
我借來鄰居的夢囈
長久以來，第一次感到夢魘可親

鐘聲散開的時候，他說：
「可能引起嗜睡。應避免開車，寫詩，及需要警覺性的工作；
勿過分思索，勿飲酒。」

裸

用閱讀一把短劍的方式閱讀我
擁入靈魂
於稚弱跳躍的左胸

水紋交接處
映出
華麗的身姿
在墜落的過程裡
我們一再翻轉，穿越

等待躍入水中

或者……那水會突然乾涸也說不定
或者……那其實是鋒利的冰
在墜毀的最底最底
像刀尖
我們輕輕挑開水面

貓

貓，朝我走來
在我的行李中
沒有什麼可以給他的

當我走近
他又防備地退回小巷
把自己化為黑暗
在路燈、星群、螢火間
我知道有一雙

窺伺的眼睛

貓，朝我走來
我知道他因為飢餓而來
他不知道我
為了什麼，靠近

明與滅之間
瞳孔變換著，困惑的光芒
而我終究走入
自己的夜色

花

你看見花的時候，花存在
你看不見花的時候，花還存在嗎
（或者它是更加燦爛了？）

花在薄涼的風中
認真猜測著
今天的日落時間

夢想的體重

想變成大富翁的想法
幼年時就有的

想變成世界美女的想法
第一次穿裙子以後開始的

搭上紙飛機
從窗口逃出教室的計畫
每堂課中
一直演練的

乘坐捷運到達樂園的路線
候車時
偷偷畫下的

想中樂透
並且不須與人平分的願望
總放在心中默禱的

夢想的體重那麼重
年老時
我們的背
毫不考慮
就駝了

海上

降落以後
雨水稱作海洋

我與暗中的船
看望遙遠燈光
那些閃爍的燈霓，人聲，呼吸
繁華遍植的……
那是人間
牽繫與紛亂的世界

甲板上，不安穩的一切
拍擊的風
那樣溫柔打擾

雨水不能理解
人們對雨感覺憂傷
仍盡責地下
大海以柔軟與跌蕩喬裝
捕獲離群的船隻
它說：「離開那岸吧，離開那岸。」
海浪一遍遍把世界推開

蛇

並非刻意流浪，而是
被長年的鄉愁放逐
故鄉的街道
遺失了故鄉的記憶

在我曾路經千次百次的木材工廠
機械踏出無數腳步聲
沿著工業行進的協奏，我來到
剛剛收穫的蔗田

在這裡
我曾經弄丟一隻鞋
並獲得左腳
蛇的齒痕

蛇畏罪
悄悄溜開了
離開村鎮潛伏在都市
都市的脈搏裡
蛇纏繞在大廈避雷針上
蛇在川流不息的車河裡游泳
蛇往來在城市四通八達的心臟
蛇在某些站交接
打過了招呼又離開

蛇吞下許多人
又吐出一些

田裡的那尾蛇已經長大
我走進牠撥開的腹腔
請求牠帶我去囤積了笑聲與古老歌謠的貨倉
在一片非常荒瘠，揚起沙塵的漠裡
蛇沒說什麼
只靜靜停了下來
示意我出去
「但是，我所要尋找的……」
彷彿還聞到刨成碎片後，木材的香味
「而我其實要到達的……」
我望著鞋尖與

手中的單程票
蛇的足跡非常沉默

暗示2

打開落地窗
空氣以均勻的冷冽，貼上身體
——我知道這是
世界告訴我秋季已臨的方式
和灰暗的天色、離開的候鳥一樣
隱而不宣的暗示
在冬天的暗示出現以前

我要
到街上去
觸摸慢慢漸漸
撤退的陽光

遊樂園

來的路上
腳步要輕輕的
最好採用貓的獨步
不去驚動那些不知情的人

把身體留在行李處
散場以後
連同垃圾一併帶走

剩下靈魂我們就可以變得輕盈
然後選擇無限下沉
或逆光飛翔
（記得，像貓那樣……）

你到達時
會看見我在入口處的留言

時間之流

坎坷的路面
暫留視覺裡的晚場電影
雪原上狼的夜嚎
暗中醞釀的敵意
深夜獨自行走的身影
腦室內的耳鳴
（每當我搖晃頭顱，就升高一個八度）

我記得

母親溫柔微笑的眼睛
嚴厲瞪視的眼睛
死去時的眼睛
父親的鐵灰西裝
父親的禿頭
父親的外衣

美麗的夏天的奏鳴曲
美麗的秋天的銅管樂
美麗的冬天
美麗的記憶

被話語燙傷的時刻
在鋼琴前彈奏〈獅子進行曲〉的時刻

地震倉皇逃出的時刻
悲哀得彷彿時刻凝止的時刻

直到漂在時間流上的昨日之花
在轉彎處擱淺
遠處傳來風琴手彈奏的細弱音樂
我一直記得這些

輯三／

像海浪一樣

像海浪一樣

（安靜坐著
看孩子們在院子裡遊戲）
真羨慕你們
不需要玩具　不需要道具
只是像海浪一樣
一陣跑過來
一陣跑過去
就很開心

我經常忘記笑的滋味
有時我笑
是因為應該　必須
有時我苦笑
是因為現實的荒謬
有時我大笑　是掩飾內心的緊張
羨慕你們　不管什麼時候
你們的笑是真心的
看著
我也會微笑起來

正午時
你們玩踩腳的遊戲
下午日頭斜射　出現了長影

你們玩踩影子的遊戲
你們是屬於太陽的
屬於汗水屬於天光
不考慮防曬油陽傘什麼的
不必遮掩閃躲　把自己藏在樹蔭裡
你們是屬於土地的
赤腳踩踏泥土
像一群歡聚的松鼠跳躍腳步

真羨慕你們
像海浪一樣
一陣跑過來
一陣跑過去
坐在岸邊　觀看你們歡欣的海

默默感謝你們分給我一下午
銀白色
快樂的水花

沉思的人

不要打擾我
我正想些什麼

每當你要我抱的時候
我要旁人
抱你到外邊散步
漸漸的
你也變成
一個喜歡沉思的人

喜愛緬梔子，桂花，變葉木
勝過我的擁抱

你也會變成一個喜歡寫詩的人嗎
這世界
有許多詩的存在
許多人無視
使它們委頓，死亡，消散
你要寫它們嗎

先教你寫字
那些彎彎曲曲方方正正横豎交錯或構成圍城的
沉思的字

照相

漸漸的
不再為自己拍照了

相機裡全都是你：
高興的你
比yeah的你
吃糖果的你
畢業典禮的你

很久很久以後
你還會記得我嗎？
微笑的我
午睡的我
種花的我
開車的我

用你的眼睛
替我照相

隱形的小孩

在月亮被遮蔽的時候
在戰況不明處
在閏月被增補的那一天
我與世界有著
一個隱形的小孩

最開始他只有
一公分大，喜怒哀樂也只是一公分
對世界的好奇每日增加一點，使他長為

兩倍的存在
潮濕溫暖的羊水海洋般承載，兩公分的小孩
當我喝水他喝水，當我睡眠他做著
兩公分大小的夢
當我行走，他對晃動的天地產生
暈眩和疑惑

他會慢慢進化直到
擁有人的配備與規模
而當我閱讀日報上的綁票新聞、懸而未決的襲警案
當我踏上謠言與選舉旗幟飄搖的街道
當島嶼的政治和地震
同樣劇烈地撞擊、浮動

隱形的小孩思索些什麼？

我與世界擁有一個，未來的小孩
他會懂得思考，懂得愛
懂得我將教給他的一切
還有他斷然無法接受的部分
那就會是他與我截然不同的原因了……

這一天
小孩三公分大
他知道了更多一些
他知道的更甚於從前
有關這個
無限無限大的世界

誕生

誰決定給你毛髮，黑色，不是其他顏色
誰決定給你，這樣的膚色
誰決定聲音，深夜，把我從睡眠中喚醒的聲音
誰給你力量，可以緊握拳頭的力氣

誰是你？獨特，唯一的你
當生命決定對我有所餽贈，他並不慳吝
我伸手接下，因過分奢侈
微微緊張著

你睜眼張望世界，若有所思
第一句哭聲，穿透凌晨時分
這個房間、這個早晨，彷彿有所領悟

這些圍繞你的人
你的注視，使他們重新誕生一次

是夜

閉眼，視覺一片漆黑
你捨不得絢麗世界遲不閉眼
目光中的火炬，燃燒成問號、驚嘆號
像電力未耗盡的玩具持續前進
可這已是夜，星星月亮懸掛在推車上
如浪搖盪把你催眠，你追逐過的那隻狗也睡眼矇矓
已是夜，沒有遊戲時間沒有卡通
天線寶寶皮卡丘意識迷濛
五，四，三，二，對世界說再見！

環繞你的大人電力已經用盡
閃電麥坤回車庫休息
冰脊龍很累了一步步退回侏羅紀
是夜，梵谷〈星夜〉漩渦流轉把你催眠
夜晚是虎姑婆、虎克船長、壞心皇后的世界
閉上眼吧，放縱他們撒野與你無關
聽一段〈月光奏鳴曲〉
把〈歡樂頌〉留給明日朝陽
我們都是神祇操縱的玩具，按祂規則日落而息
如潮汐聽從月亮指揮而漲而退，鮭魚聽從誰的指揮宿命地洄游來去
我們是神的孩子，一歲還不是叛逆的年紀
所以乖乖的
讓睡眠收線，把你釣進大海般黝暗廣闊的夢域
隨便你要在珊瑚礁上蓋哪種夢的城堡

簡陋或結構複雜的夢都可以

夜的甬道把新的太陽運輸到山後
當第一道光線溫暖海面，我會收線
把你釣進一日之始，沒有虎姑婆和鬼的白晝
你喜歡的一整列玩具兵也醒了
大人們蓄好電力，在你身旁忙碌繞轉
可以在白晝的疆土上，蓋座城堡
隨便你用積木還是破碎難懂的嬰兒語言作材料
可以在沙地上蓋座城堡
用濕泥或各種傻氣的表情作材料
搖搖欲墜但確實可愛

所以現在，此刻，對世界說再見！

這旖旎幻變的世界——
小丑與提線木偶的世界，王爾德與快樂王子的世界
金銀島和海盜的世界，鈴鐺花和蜂鳥的世界
鼓和詩句的世界，曼陀林和吉普賽女人的世界
麋鹿和寶藏的世界，露珠和霓的世界
信天翁和招潮蟹的世界，金幣和眼淚的世界
再見再見，晚安！
一千個晚安！

空氣蝴蝶

你拿著捕蟲網
想抓院子裡的紋白蝶
但紋白蝶飛得比你小小的腳步快

最後
你憑空抓了一把空氣
謹慎地交給我，說：「抓到蝴蝶了。」
我也謹慎地接下
握緊拳頭

認真地保護
你託付給我的蝴蝶
過了三分鐘
過了五分鐘
握著拳頭不敢鬆開
指甲深深嵌入手心

「把蝴蝶放走好不好？」
張開手掌
我們一起看到了
那隻蝴蝶
它左右蜿蜒
飛進了土耳其藍的天空

床戲

我的身體是你的運動場
你想征服
想以種種幼稚的身體動作，獲得肯定
前進倒退臥倒翻滾
我舉牌給你滿分

我的身體是一座山
你試圖攀越，但困在山頂
努力長大，下次會成功的

我的身體是大地
有潺潺湧出的生命泉水和溫暖氣息
你吸吮著賴以維生
我壯大肥碩而豐饒，不使你挨餓

我的身體是母親
從出生第一眼的銘印記憶，你就認定了
要跟隨糾纏我（行道樹紅綠燈聖誕老公公閒雜人等
都不是母親）

搖擺舔舐親吻，碰碰拍拍磨蹭
遊戲這麼有趣你笑了（牙齒們蠢動等待發芽）
鼻子摩擦我手臂（潮濕帶熱氣的鼻子）
尖細爪子抓搔索求擁抱

多肉的掌心，烙印熱度在我皮膚
（那是獵人們亟欲追蹤的幼獸腳印）
遊戲這麼有趣你累了
側身吸吮奶頭滿足地睡著

我也側身睡著
赤裸的我們親愛又親密
午間
母獸與小獸的床戲

安心

終於睡著了
眼角有不情願告別世界流的淚
透明飽滿，像斷續的刪節號
你的身體還是那麼小
太用力就會碎
輕輕的，我的手
從你夢境上方滑過——
你夢見獨角獸
伸展翅膀載你漫遊

地面的花朵和草葉，都羨慕你

你的手，指向彩虹，想拜訪天空邊緣
去啊孩子！
無論多高多遠
在你的夢境下方
有我剛剛織好的安全網
隱密的牢固的
保護著你

熟睡的臉平和，愉悅
手腳放鬆
舒展於床榻
額頭因溫暖冒出微汗

小胸膛均勻地起伏
吸氣，停頓，吐氣，停頓，吸氣……

啊，知道你正在長大
這事實
真教人安心

小孩

你抓住的手臂
不是石頭，是血肉之軀
你求助的對象
不一定有事情的答案

我教導的是語言
不是想像
我帶來的是能力
卻不是未來（你是否懼怕

必須獨自完成的部分？）

我從不曾
如你期待般強悍
在生命的磨難、考驗之前
我也只是
一個小孩

為你，鼓漲勇氣
一試
再試……

對話

光線消失，喧囂沉寂
「夜晚應當睡眠。」你不肯睡
頭靠在我的胸膛
靠近我心缺損的地方

日光溫暖，睡著的人醒了
「一天在此開啟。」你卻睡了
頭靠在我的胸膛
在我曾感覺寒涼的地方

沉默終止
對話開始：
「這是語言，告訴我，你的語言。」
你說話，說著
只有我懂的語言

你的說法
那些聲音
又像音樂

夏天一直

直到暑假前，我們都沒拿到期末考的解答
第一個颱風的消息，讓人興奮
我放了書包裡的暑期作業一個長——長假
三年級你晚點來

跳舞機裡有二十四首歌
最新紀錄四二九七分
我們收看探索頻道
北極熊和冰魚

一邊喝可樂一邊看完新聞
所有搶案的報導
冷氣是不是太冷
太陽一直開得太大

輯四／

再聯絡

還會再見面的——悼母親

沒有關係，我們還會再見面的
母親，現在風想帶你去哪裡
你就跟它去吧

下一個路口
也許我是閃電，你是陣雨
下一個季節
也許你是蜂鳥，我是吊鐘花
我們總會再見面的

以任何形式
出現在彼此身邊

像每個春天
風總會輕輕撫過
風鈴花的臉
而我們就聽見了
無聲的音樂

你已經比我們更自由了
你在天空裡
你就是天空

沒有關係，我們還會再見面的

母親，現在風想帶你去哪裡
你，就跟它去吧

再聯絡

有時也想打電話給你
問問你在那世界，過得好不好
下雨的時候是你在雲朵上澆花嗎
我在地面上吃喝行走淋雨發呆奔跑跌倒
你都看到嗎

有時也想寫email給你
告訴你：我很好一切很好，沒有你的世界雖然缺陷仍凡常運作著
你那裡的電腦升級到Windows 19了吧

是否更難用了
我存在雲端硬碟的資料
在雲端的你都看到吧

有時
你會從天上傳遞訊息給我
但天空到地面
距離遙遠
有飛機、飛鳥、無線電等許多干擾
因此你的來訊
總是斷斷續續的
難以解讀

在你離開十七年後

我想到，要慎重的
慎重建議你——
寫信給我，是比較好的方式
作為詩人的你的女兒
喜歡讀信
喜歡沉靜的字裡行間

「黑暗之城荒漠區海市蜃樓里9鄰時光路三段27號6樓」
把你要給我的信
投到我夢中城市，的這個地址
每個晚上
在夢境之中
我會不厭其煩走來這個地址
檢查信箱

容顏——悼母親

才低身掬一把涼透的河水洗臉
你就行色匆匆
背對著我走遠了

河水
從我的手心溢散
低頭看見
河面轉映的我
是你少時的容顏

唯一的夏天

母親不知道，她送我的金飾放在抽屜
從沒配戴過；母親不知道，我不喜歡金飾

某次她走進房間
攫著我肩膀，責問課業進度
我覺得痛，只是沒作聲；母親不知道
她夜半翻看我的日記，以為我毫不知情
我知道她看過了；母親還不知情

她離開，在我二十四歲的夏天
後來我在哀傷和膽怯中生活
把沒有兌現的夢想折舊，賣給想要的人；她不知道

母親開車，母親穿衣，母親吃飯
總夢見母親，夢中她做著這些做著那些

在眾多春醒以後，入秋之前
一生當中所有夏天
的其中一個，我們全家去滑草
我從山頂穿著滑草鞋一路滾下
把媽媽的鷹勾鼻都笑彎了
是唯一的夏天

回家四則

一

遠遠的
狗吠聲把黑夜的寧靜
咬破一個大洞
靜聽，還有埋伏在暗底的蛙鳴
因為不熟悉這一切
我醒了許久

長大，是兩個家之間的輾轉流浪
沒有暴躁引擎聲輾過的夜夢
萬家燈火在裡面點亮

二

夜極深
母親不在
她在白色磁磚異常明淨的小房間裡
吸吮消毒水氣味睡著
疲倦的護士有時進來，為她翻身
不耐煩的臂與掌拉痛了傷口也說不定

我沒有睡
護佑家中的觀音
神桌上，燭火煦煦燃燒
檀木像兒時一樣
散發著暖香

三

母親的病延宕著
遲遲地
我們已忘了
什麼是毫無掛記的笑容

公車上，回家的路
我們把發皺的臉燙平
回到公寓
寂靜的飯桌
聽電視綜藝主持人的花腔
偶爾穿插華麗樂聲
點滴架以高音顯示地板的纖塵無染
母親端來炒白菜，竹筍燉排骨
滋味並沒有改變
碗筷碰觸的聲音
敲擊我們的隱忍

四

我將離開
搭乘日出時那班火車
火車路經：小學校園、鳳凰樹、菜市場、平交道……
我已看不見月臺上的母親

惺忪的金屬撥開晨霧
軌道延伸，伴隨深長的
告別的眼睛
緩緩駛離猶在睡中的盆地

餵養母親

黑白照縱觀一切
笑容凝止，不發一言
有時喜悅，有時似安慰
待空無一人，回返猶有髮香的房間
收音機在舊頻道
櫥裡衫裙未曾搬動
搖籃曲真熟悉，縫補的母親唱過，烹飪的母親唱過
隔壁、再隔壁……
每個母親唱過

皮夾半張相片，黑白兩吋正面
保險箱鎖有書信複誦：走了就解脫，毋須掛念。
紛擾人世，誰都不須掛念

風有低語追上耳朵：來世，做我的小孩。
五個月大，初會翻身，哭哭啼啼，還不習慣世界
也曾過敏，厭食，牙牙學語
眼耳鼻嘴，誰的膚色，誰的影子和血？

以衰老的速度模擬長大
教我的
自己一件件忘掉，只知張嘴是吃，漆黑是睡
像小孩，搖搖擺擺
步履終於也細碎蹣跚。走好！

走好！病症走至骨頭
走至頭腦，至此已無可救
症狀有遺傳可能：嚴厲，強悍，漆黑裡等門……。
鄰人說，你我極像

走好！走了就解脫
毋須掛念紛擾人間
風被派遣
追上耳朵：
「母親，飯菜已備好，不要停留，請回家
夜晚寒涼，不要逗留，請回家
一件新裁的衣，一雙
好走的鞋，幽幽暗暗路途啊
記得回家。」

輯五／說話術

霧中

落下以後
我才發現自己
是一片黃色的葉面

樹木垂萎以後
我才發現
自己是秋天

走錯了樓層

仍然可以
用同一把鑰匙開門

開錯了房門
仍然熟練的
親吻床上的陌生人

朝向南走
冰河緩緩地瓦解，成水，沸騰
朝向西走
日頭不再，落下

那一日
我們的內部

全起了大霧
詩人從襯衫口袋取出
最深沉的暗喻
試圖擦去水氣

鴿

鴿
步行詩行間
啄食星散的靈感，隨即
被天空召喚
飛離紙頁

鴿群
盤旋天際，黃昏
儘管那是細節上有許多差異的

鴿
飛遠後
難以辨識

尾隨飛行路徑
企圖尋找詩中逃逸的那隻

鴿
視野中僅有
飛的意象盤旋

摔

一首詩摔
多碎
才不被認為
是詩
只剩標點
剩一個
字
只剩標題或
無題

一首詩多
純粹
才被稱作
詩
像質地純良的水晶
像焰火和冶金

誰為詩安上
名字
使它既不是
小說
也
不是畫布

詩並不理會種種
疑問與假設
它獨坐
守護，字的意義
不聽多餘的說法
善意、惡意的看法

詩如此
一向如此：深沉
冷淡
坐懷不亂

說話術

巴布亞人的語言很貧乏，每個部族都有自己的語言，但它的語詞不斷地被消滅，因為只要有人死去，他們就減掉幾個詞當作守喪的標記。

——地理學家巴諾

我喚我的父親。這是第一次
人的史記有人（不再是獸）的聲音——
舌在口中翻騰，柔軟，抵住上顎然後發音
聲在口中纏繞迂迴，吐出（舌戲蓮葉）

命名陌生事物為光

就有了光；命名玫瑰，有美好的氣味
命名是風（不稱為水）它吹拂，不流動
命名為人，從此不聽動物的語言（舌如何學會離開獸的語言？）

靈性的神祇說：話語不敷使用，必須不斷擴充譬如
言語是水銀，意義是水，意義在空隙處蜿蜒流動
或者文明是天，文字是鳥，鳥展翅
遮蔽或點綴天空

夜晚（的裡面的最裡面）
我喚我的父親，他不說不聽
不語（夢中語言無法得到翻譯）寂靜彷彿
詩的留白，或沉默
為了保守靈魂而折疊好的安靜

護衛在口中，人的身形
因此不顯貧窮

尋找未完成的詩

被書寫的母鹿穿過被書寫的森林奔向何方？
是到複寫紙般複印她那溫馴小嘴的
被書寫的水邊飲水嗎？
她為何抬起頭來，聽到了什麼聲音嗎？
——摘自辛波絲卡〈寫作的喜悅〉，陳黎、張芬齡譯

被書寫的母鹿穿過字裡行間來到
被書寫的森林：「這是火，火焰，聲，音樂，語言
這是風，以及風的方向。」我跟隨鹿的足印
學習辨認巨大世界更多陌生部分：星群座標
葉的色澤，時間，曆法和季節
天，日月，鳥以及飛行。（一行詩句的振翅

發動地球最遠處的颶風風暴）

鹿靜止於隱喻希望的詞彙旁（有沒有詩
可以召喚遠行的戀人，離散的時間？）踢踏、試探隱喻的強度
（以符號寫成僭越符號？）被書寫的河流衝擊河床
發出詩句被閱讀時的慨嘆（記載深夜最末一秒與凌晨的交界
海洋最遠與天的交界，理智情感的分野，人與獸的分別）
枝椏末梢，詩句變黃，落回土地
進入下一季輪迴（在一首詩的長度中經歷一生）
分行、斷句被輕盈躍過，鹿在留白處跪足
休息（想起欲望、餓、痛、病、老、死和重生）
我走向下一次的詩句

夜間，筆跡涉足每條路徑，為事物命名

（天空、土地、土地上的生命、深夜、白晝、夢或現實）
夜鷺啣著思想飛掠我的額頭
白晝，意義在日光下光合
把存在擴展得更為盛大（地圖未曾標示森林盡處）
而我的步伐謹慎，像鹿的花色仔細
被隱藏；而我的步伐堅定像鹿知道每個納入眼中的目標每次
前往的方向

靜聽，水流流過意義轉折處
水沖激岩塊發出血液衝擊血管的聲音
靜聽，被書寫的蝴蝶撲動翅膀
繞行尚未開放的花朵，飛行途徑構成神祕隱喻的圖騰
昆蟲鳴叫如低吟經文。在一個被書寫的下午
或者是森林與鹿從真實世界找到我

把我寫入字裡行間？

被書寫的鹿領我來到被書寫的森林，學習
陌生的世界。我記得行旅最初與最終
記得暗示和譬喻（還有那些來不及命名的）。雨季之後
天色的藍，燃燒過後餘燼的灰，藉描述而浮現的真實藉描述
而真實的想像，藉描述彰顯（或動搖）的真理
我記得落筆前的猶豫，每一筆畫的堅定，眼淚般的墨水
墨水其下的眼淚，我記得鹿
和她的足跡

後記

天真野蠻的信心

林婉瑜

一個一個的中文字，橫豎彎繞迂迴轉折，一個字就像一張抽象畫，那時正學習寫字的我還沒有書桌，坐在小小的折疊式木桌前寫生字簿，桌面上彩印著卡通圖案和注音符號，寫字時鉛筆劃過紙纖維，輕微的阻力和沙沙聲響很迷人。

在我國小一二年級時，母親除了在家做一些黏娃娃眼睛的家庭代工，也到鎮上的老師那學習裁縫，母親的裁縫學得很精，可以自己選漂亮布料幫我和妹妹製作過年穿的洋裝。她總是騎偉士牌摩托車出現在校門口，把剛下課的我載到裁縫教室，裁縫老師是一位婆婆，怕我無聊，會打開大同電視播放卡通給我看，那齣叫《小蜜蜂》的卡通其實蠻哀傷，是小蜜蜂萬里尋母的故事，在結局以前，每一集每一集小蜜蜂都找不到媽媽，真讓人替他擔心……。

後來的日子，許多變遷。

長大後的我，用熟習的文字把悔過書、情書、分手信都寫過了（寫悔過書那次是因為和劇團同學們翻出宿舍圍牆夜遊未歸），真正開始寫詩，是在進入戲劇系以後。文學是母親不瞭解的世界，那時，因罹患癌症而做化學治療的母親，對於我在稿紙上書寫曖昧撩亂的長短句感到憂心忡忡，她曾說：「人如果吃飽穿暖，還有什麼事可擔心的？」可文學經常是擔心吃飽穿暖以外的許多事，那時我無法對她解釋太多，有關我在想什麼以及為何寫詩，我還沒有得到一個很好的答案，所以也無法對她說出。

初版《剛剛發生的事》是在二〇〇七年出版，幾年後絕版。這次的新版本，是以精選的態度選出初版中三十八首詩，加上後來寫的二十首新作，成為共五十八首詩的典藏版。從初版中選詩時考慮的是「永遠」這個詞彙，選出的詩當我在十年、二十年後閱讀，應該都還能不斷的去回應詩中時空、延伸感受，其中有少部分的詩，在文字細節處做了修改，和初版時略有不同。新加入的二十首詩：實驗性的書寫，愛情的揣測排練，親情開展和試論生死，生活想像或演繹自然……等，每一首

對我來說都是重要的。從寫詩的「最初」直到「現在」，我陸續寫了一些情詩，其中有一部分情詩呈現出的意識或姿態，和我自己對待愛情的態度並不相像，那比較像是一種展演，塗繪愛情瞬息變化，發明虛實情節、給予各式各種說法去發展這個主題；只有少部分情詩，詩中想法和真實的我是相近的。

典藏版《剛剛發生的事》最早的詩寫於二十二歲，最新的寫於四十歲，時間跨度不小，使詩作在題材和語言等層面也是不盡相同的。

這些年我在詩集裡實踐的是我對詩的想像和定義，有些作品不一定有常見的詩的樣貌（譬如〈柔軟的時間〉），我期待筆下文字帶有自由的能量或顛覆的力量，向未知詢問勘查，或向已知鑿深衍生驚喜新鮮的意念，如果某篇文字可能達到這樣的目的，儘管外觀不像詩，我願意把它收進詩集裡。當意象出現，我希望它能引致新的感受或新的意義，也期待詩帶有情感的力道或思考力度，可以推動、變化閱讀者的內心，不只是經過、路過他人而已。文字建構出的世界，展現的是寫作者的精神世界，文字風景的寬闊和變化，說明了心的不可侷限，當寫作者的心靈能夠廣闊自在，筆下的文字終能成為野生的，並非隨意生長荒煙蔓草一片的野生，透過詩人

主體性的引導、以自有的美學去布置編排，野生的字應該可以構成嶄新的、隱密卻又昭示意義的景觀。

詩無盡無窮變化的可能讓人著迷。我大概永遠無法簡言的回答母親，有關詩。

我必須用我的每一首詩去回答她。

母親經過手術、化療，好幾年積極的治療，最後仍是失敗了，癌細胞侵犯腦部，她在最後、要接受安寧照顧以前，曾有一次，與妹妹並肩走在街上，喜歡唱老歌的母親唱起那首叫〈長藤掛銅鈴〉的歌，並且告訴妹妹：「這是我最後一次唱歌，因為接受安寧照顧打了嗎啡以後，我就不能唱歌了。」這件事是妹妹後來告訴我的。

文字寫的悔過書、情書、分手信。

文字寫的老歌歌詞……。

她生病期間以及過世後數年，我沉鬱哀傷。不只因為母喪，生活中對愛的索求和落空、日子的惚恍……，我經常一整天都是沉默的，度過了幾年失眠的日子，身體累極了，可是精神總像受到驚嚇般清醒。我的精神說，沒完還沒完，有些事

你沒想透、你的感受不願沉落意識谷底所以你必須醒，把一秒鐘的苦痛感覺分解成二十四格慢畫面，一格一格緩步穿越；把一天擴充成三百六十五個難以度過的宇宙，你全都跋涉遊歷了，日子才算完，才可以被推落懸崖般墜入夢境，用你終於低垂下來的眼睫當成夢的劇場的簾幕。

那幾年支持著我、使我不至於自棄的，可能是童年受到的照顧和對待，單純無憂的童年，在小桌子前書寫生字、在裁縫教室看著卡通……。四五歲時，父親常和我玩一種遊戲，我從一段距離以外跑向他，接近時他伸出雙手把我抱起來舉到半空中，無論是在耀眼日光裡或夕陽沉落前的濛黯天空，順著我身體奔跑的力量和方向，在空中旋繞、舉起，最後再抱進他懷裡。那是那段時間我和他的默契，只要我在一段距離以外叫喚他再做出起跑姿勢，他就會伸出雙手做好等待接住我的手勢，直到有一天，他說我已經太重他抱不動了為止。平靜的兒時回憶，成為我某一種性格的底蘊，在最灰敗時想要調轉眼光，想像隱形的光的階梯通往某處明亮。那段時間的書寫，就像索取光的繩索編織長梯，讓我能不介意當下闃暗。

現在的我，還是會有無助的時刻，偶爾，我向過世多年的母親默默詢問，期待

她給我答案，每一次，母親總是答覆我，以虛空之中傳來的無盡沉默，就像失去結局的《小蜜蜂》卡通。她死後，我卻是用她所不理解的詩來紀念她、來提問生死。其實，她應該感到放心的，是因為詩，我的精神逐漸強壯起來。

我常感覺，好的寫作狀態應該不是溫馴又拘謹的，我想那需要一些天真和野蠻，藉著創作者天真野蠻的信心，詩有了孩子的赤誠、野人的勇氣，於是創造出那些超逸現實的種種異境，也因為這份天真野蠻的信心，詩有力量去質詢生活的麻木不仁、現狀的荒謬不義；在探索詩的過程，寫詩的人試著體會外界和內在，試著更敏銳地自我覺察，如果因為這種自我覺察，讓寫詩者有時能多出一分愚人的自謙，有時能獲得一些智者的分辨，那也是書寫帶來的相當重要的意義吧。詩和詩人可能是這樣，建構了彼此，所以也牽引了彼此。

豐饒的性情、黠慧的詩心、帶著釉光的詩風，
確實顯示她超越同輩的才華，
為中生代最具代表性的詩人。

——陳義芝（詩人、臺灣師範大學教授）

讓世界甦醒

婉瑜詩眼靈透，輯一的〈新世界〉一詩，便預告萬物新秩序，創新文學抒情傳統，展示新世紀的情景交融。然後，她以文字祕技推拿，將舊世界的僵硬一一鬆展，把感情點醒，找到事物核心，以繁複多變的語言技法按壓穴點，讀之無不酥麻暢快。被集中五十八首詩叩擊之後，我察覺婉瑜真正關切的是那最隱密最柔軟的方寸地，那困於囚室裡的「心」是否能獲救？而「靈魂」是否已擁抱？讀《剛剛發生的事》，是一趟靈性行旅，掩卷後，頓覺心變自由，世界甦醒且重新活躍了起來。

——李癸雲（清華大學臺灣文學研究所教授兼所長）

年代序

一九九九年

夏天一直

海上

二〇〇〇年

給你

暗示1

一個私人的問題

蛇

午後書店告白

二〇〇一年

我只是想知道

裸

兩者

隊伍

天使

回家四則

遊樂園

隱形的小孩

誕生

二〇〇六年

餵養母親

夜盲

鴿

跟隨

小孩

對話

摔

二〇〇九年

安心

床戲

二〇一〇年

是夜

二〇一三年

沉思的人

照相

還會再見面的——悼母親

麥田文學 305

剛　剛　發生的事

作者——林婉瑜
責任編輯—張桓瑋

國際版權—吳玲緯　蔡傳宜
行銷——艾青荷　蘇莞婷　黃家瑜
業務——李再星　陳美燕　枡幸君
副總編輯—林秀梅
編輯總監—劉麗真
總經理——陳逸瑛
發行人——涂玉雲

出版——麥田出版
地址——104台北市民生東路二段141號5樓
電話——(886)2-2500-7696
傳真——(886)2-2500-1966、2500-1967

發行——英屬蓋曼群島商家庭傳媒股份有限公司城邦分公司
地址——104台北市民生東路二段141號11樓
書虫客服服務專線—(886)2-2500-7718、2500-7719
24小時傳真服務—(886)2-2500-1990、2500-1991
服務時間—週一至週五 09:30-12:00、13:30-17:00
郵撥帳號—19863813　戶名：書虫股份有限公司
讀者服務信箱E-mail—service@readingclub.com.tw
麥田部落格—http://blog.pixnet.net/ryefield
麥田出版Facebook—https://www.facebook.com/RyeField.Cite/

香港發行所——城邦（香港）出版集團有限公司
地址——香港灣仔駱克道193號東超商業中心1樓
電話——(852) 2508-6231
傳真——(852) 2578-9337
信箱——hkcite@biznetvigator.com

馬新發行所——城邦（馬新）出版集團【Cite(M)Sdn. Bhd.】
地址——41, Jalan Radin Anum, Bandar Baru Sri Petaling, 57000 Kuala Lumpur, Malaysia.
電話——(603) 9057-8822
傳真——(603) 9057-6622
信箱——cite@cite.com.my

封面設計—霧室
內頁排版—霧室
印刷——沐春行銷創意有限公司

西元2018年3月1月　初版一刷
定價350元

ISBN 978-986-344-539-5

國家圖書館出版品預行編目(CIP)資料

剛剛發生的事 / 林婉瑜著．── 初版．── 臺北市:
麥田出版：家庭傳媒城邦分公司發行，2018.03
面；公分．──(麥田文學；305)
ISBN 978-986-344-539-5(平裝)

851.486　　107001955

讀者回函卡

cite城邦媒體

※為提供訂購、行銷、客戶管理或其他合於營業登記項目或章程所定業務需要之目的，家庭傳媒集團（即英屬蓋曼群島商家庭傳媒股份有限公司城邦分公司、城邦文化事業股份有限公司、書虫股份有限公司、墨刻出版股份有限公司、城邦原創股份有限公司），於本集團之營運期間及地區內，將以e-mail、傳真、電話、簡訊、郵寄或其他公告方式利用您提供之資料（資料類別：C001、C002、C003、C011等）。利用對象除本集團外，亦可能包括相關服務的協力機構。如您有依個資法第三條或其他需服務之處，得致電本公司客服中心電話請求協助。相關資料如為非必填項目，不提供亦不影響您的權益。

□ 請勾選：本人已詳閱上述注意事項，並同意麥田出版使用所填資料於限定用途。

姓名：______________________ 聯絡電話：______________________

聯絡地址：□□□□□______________________________

電子信箱：______________________________

身分證字號：______________________（此即您的讀者編號）

生日：_____年_____月_____日 性別：□男 □女 □其他________________

職業：□軍警 □公教 □學生 □傳播業 □製造業 □金融業 □資訊業 □銷售業

□其他______________________________

教育程度：□碩士及以上 □大學 □專科 □高中 □國中及以下

購買方式：□書店 □郵購 □其他______________________

喜歡閱讀的種類：（可複選）

□文學 □商業 □軍事 □歷史 □旅遊 □藝術 □科學 □推理 □傳記 □生活、勵志

□教育、心理 □其他______________________

您從何處得知本書的消息？（可複選）

□書店 □報章雜誌 □網路 □廣播 □電視 □書訊 □親友 □其他____________

本書優點：（可複選）

□內容符合期待 □文筆流暢 □具實用性 □版面、圖片、字體安排適當

□其他______________________________

本書缺點：（可複選）

□內容不符合期待 □文筆欠佳 □內容保守 □版面、圖片、字體安排不易閱讀 □價格偏高

□其他______________________________

您對我們的建議：______________________________

____

cite 城邦媒體 麥田出版
Rye Field Publications
A division of Cité Publishing Ltd.

廣 告 回 函
北區郵政管理局登記證
台北廣字第000791號
免 貼 郵 票

英屬蓋曼群島商
家庭傳媒股份有限公司城邦分公司
104 台北市民生東路二段141號5樓

▼

請沿虛線折下裝訂，謝謝！